瓷月亮

严阵 著

严歌苓
—
编

人民文学出版社

图书在版编目（CIP）数据

瓷月亮：严阵诗选/严阵著；严歌苓编．—北京：人民文学出版社，2019
ISBN 978-7-02-015547-7

Ⅰ.①瓷… Ⅱ.①严… ②严… Ⅲ.①诗集—中国—当代 Ⅳ.①I227

中国版本图书馆 CIP 数据核字(2019)第 160652 号

责任编辑 王 晓
装帧设计 陶 雷
责任印制 任 祎

出版发行 人民文学出版社
社　　址 北京市朝内大街 166 号
邮政编码 100705
网　　址 http://www.rw-cn.com

印　　刷 三河市宏盛印务有限公司
经　　销 全国新华书店等

字　　数 76 千字
开　　本 880 毫米×1230 毫米 1/32
印　　张 16 插页 1
版　　次 2019 年 11 月北京第 1 版
印　　次 2019 年 11 月第 1 次印刷

书　　号 978-7-02-015547-7
定　　价 56.00 元

如有印装质量问题，请与本社图书销售中心调换。电话:010-65233595

瓷月亮

好好地捧着
我怕把你打碎

当你升起的时候
我的梦是圆的

没有那细细的回眸
没有那弯弯的沉落

当你升起的时候
我的梦是圆的

永远的沉默
含着两眼清泪

好好地捧着
我怕把你打碎

目录

春　风

春风轻轻抚摸着
所有从冬的沃土中
刚刚萌出的
面部

悄悄地
悄悄地
悄悄地
问道

你准备开
几朵
花呢

为什么不

为什么不

花瓶空空的
春色
已经
干涸

为什么不

残　月

人世间
谁能真正懂得
缺的越多
却越加
美呢

新　春

你有一种半是梦境
半是醒来的
那种美

虽然没有蝴蝶
没有燕子
但在远方
密密的树枝的
网络
后面
我仍能看到
你谜一样的微笑
正藏在你
面容的
最深处

悉尼风景

车子停下了
让小鸟
穿过
马路

慢悠悠的微笑
慢悠悠的海
慢悠悠的
孤独

辉煌的秋色

在一团粉红
后面
在一团浓绿
后面
是一团
炫目的
金黄

此时此刻
中国的
每一个
被压弯的枝头
都结满了
沉甸甸的
辉煌

等　待

一场风
把春天刮走了
我却
还在
等待

等待杏花
等待梨花
等待
满园
盛开

给你一个微笑

给你一个微笑
因为
从不
相识

轻轻挥一挥手
成为
一道
风景

月色依旧

虽然圣殿
已经
坍塌

可是月色
依旧

月色依旧
抚爱着
那些曾经
美丽过的
断壁
残垣
和那些
已经陷落于
深深的

风雨皱纹中的
寂寂的
荒丘

虽然圣殿
已经
倒塌
可是月色
月色
依旧

秋已深了

不知不觉
秋已
深了

一个寻觅了
终生的
诗句
已在岁月的
藤蔓上
成熟

垂落下来的思绪
谁来
梳理

残梦已经走出

灯火辉煌的
宇宙

不知不觉
秋已
深了

流　逝

无限期的
流逝
玫瑰已经
落了
满阶

胭脂色的
旅行
在布满外墙的
蔓延中
迷失

时常有
骆驼的铃声
在梦的远方
亮起

水在山后
又转了
回来
苔痕已长满
旧时的
守候

楼梯一直响着

楼梯一直响着
上去的
下来的
杳无
踪迹

那家小饭店
已经拆了
灯火已成
一堆
瓦砾

只有小雨
依旧落着
依旧
落在

冬季

楼梯一直响着
上去的
下去的
杳无
踪迹

黑 领 结

气势磅礴的
黑领结
结在
春雨的
边沿

哦,你来了
我们已
好久
不见

雪在哪里
只有冰河
在长筒袜里
隐隐
可见

为什么不肯透露
你真正的你
春雨蒙蒙的远方
是一层
绿雾中的
似水
流年

收　割

用眼睛收割
收割那
已被收割过的
荒野

还有小小的
红色的
颗粒

在草茎的顶端
静静地展示着
它沉重的
自我

我们面对面坐着

我们面对面
坐着
视觉思维中
是一个小小的
从未被人们
认识到其价值的
领域

为什么总是
总是选择
家常菜
目光达不到的
地方
是一片
宝贵的
荒芜

微笑
能拍卖吗
在英国舰队街的
暮色里
有人从停下的
马车上
抛出一个
价格

有一个青铜器

有一个青铜器
藏在我的
心灵
深处

请不要挖掘
这里
拒绝
拥有

因为有些花
依然在
无人辨识的
深沉里
盛开

站在小提琴的颤音上

站在小提琴的
颤音上
观看
城市的
黄昏

在烛光晚餐的
小桌边
接待一个
不系纽扣的
夜晚的
光临

月光只在碗边上
闪烁
茶香

袭人

远方发出笑声的
不是蒙娜丽莎
而是马蒂斯和毕加索
刚刚完成的
富有东方情味的
精品

锦缎镶边的笑容

锦缎镶边的
笑容
笼罩着
一片
红粉

许多景德镇
细瓷的
脸上
游动着
齐白石的
虾群

许多幽雅
都创下了
最高

纪录

枯黄已经成为
梦寐以求的
颜色

风

风把遥远的感知
传给了每一条
垂下的
柳丝

色彩已在
缓缓飘落的
雪的风度中
注满

无数歌迷
在等待着
梨花的
最初一次的
探戈

你为什么
依旧裹紧
你的
冬季

夕　阳

夕阳轻轻地裹着
我的
帕台农
神庙

我的那些
圆柱的
碎片
正忙碌地
收藏着
这些
如花的
残照

迈入深层次的光
重新作一次

自我
浅忘

把所有的压抑
在无可挽回的
物色中
悄然
释放

春

不要把甜品
放在
白色的
盘子里
告别
冬季

我们寻求的
是雪
是雪里的
那种涩味的
春意

半杯艳红

半杯艳红
半杯从低垂的
眼帘下
溢出的
深远

窗外是梨花的
轻风
构筑的
云烟
深深的静止中
又有谁知
时光正在
不停地
洗牌

永远的

只有月色

月色

满阶

冰　酒

冷冷的
而又
热热的
尼亚加拉大瀑布
从心的悬崖上
一泻
而下

从此你才会知道
冰里到底
蕴藏着
多少
性格

蕴藏着多少
杏子

橘子
青柠檬的
挂牵

和草莓
薄荷
樱桃的
历尽沧桑的
期盼

红色的长发

红色的长发
在风里
盛开

红楼
在相视中
徘徊

不要开门
不要开
开门之后
你只会看到
岁月的
堵塞

斟上一杯

法国酩悦香槟
品一品
波德莱尔的
吟唱

在不是美人的
美眸下
洗涤着
剩下的
夜光

雨仿佛一直在落

雨仿佛
仿佛一直在落
粉色的初春
在妙龄的雨中
渐渐
模糊

我不知道
我几乎不知道
我的
房屋
只见到笔筒里
叶芽
簇簇

我的风景

我的风景
在我
沉思的
底层

没有丁香雨的
滴落
没有红袖拂香的
古筝

而是在夜里的
深深的
雪下

孤独的
遥远的
晚钟

时　间

又一次开花
又一次
落花

可我一直
一直在那个
老地方
等你

等你
长大

又一次落花
又一次
开花

笑是什么

笑是什么
你一直在笑
却又忽然
轻声
问我

我真的答不出
什么是美
只知道
面前流过的
是永远沉默的
江水

笑是什么

风　啊

风啊
请把
杜鹃的啼声
送到
十二
层楼

我的窗子
已经打开
已经
打开
很久

我的月色
月色
依旧

而空空的
酒杯里
却早已注满
早已注满
我那
浓浓的
等候

一瓶波尔多酒

一瓶波尔多酒
让你品出
它的
年代

你去跳你的
我只是一个
旁观者

旋转着的瓶子
是他的
彬彬有礼的
魔法

你去跳你的
我只是一个
旁观者

今天需要带伞吗

今天需要带伞吗
阳光和雨
都在
前方
等待

可是时光已倒流
倒流到
昨天
昨天是个
多风的
日子

距　离

面对面坐着
却如此
遥远

如此遥远
却面对面
坐着

请收藏好最珍贵的瞬间

巴黎欧莱雅
能医治笑容的
衰老吗

枇杷已经黄了
雪在
江岸的
山上

请收藏好
最珍贵的
瞬间

看笑容
在秋风中
凋落

不要到苏富比和
佳士得
那里只有
高价拍卖的
布满皱纹的
咏叹

在高级商业街上

在高级商业街上
多彩浮雕
在阳光下
浮动

时尚餐厅的
独立酒吧
正等待着
暮色的
姿容

大师四人组的
演奏
来自遥远的
磨盘

在插满鲜花的

水桶里

储藏着

爵士乐的

经典

琥珀色的玉镯

琥珀色的玉镯
在手腕上
闪烁

四月的肌肤上
展现出
春雨的
浅绿

门的叮咚声
在思绪中
扣响
看不见
有谁
进来

只有微风接触的
那些不为人知的
角落

有云的
无声的
漂泊

冰的波浪

冰的波浪
流露出
大自然的
清新气息

从此不再有梦
不再有
梦的瑰丽

别忘了那一瞥
那一瞥已经
芳草萋萋

品牌建筑设计师
在那片面颊上
找到了

大片空地

嵌入情人的
格拉斯哥室外展览的
淡淡的
雾色的
墙壁

一种在空气中流动的水

一种
在空气中
流动
的水

被月光
感触

将淡淡的诗句
和淡淡的
色彩
在调色板上
调试出那种
淡淡的
模糊

不要试图说明什么
因为永远也
说不
明白

我们在空气中
游动
沏上一壶
黄山
云雾

你喜欢喝什么

你喜欢
喝什么

是将岁月溶含其中的
深琥珀色
还是三月
桃花的艳红

沉思组合
玻璃杯边上
插着旧时的
柠檬

你喜欢
喝点什么

不知道为什么
流水匆匆
匆匆流水
总是坐在我的对面
敞开时尚的
衣领

二　月

二月是个
感伤的
月份

无可奈何的
萌发

无可奈何的
淡黄

无可奈何的
粉红

无可奈何的
灿烂而又
忧郁的

告别

害怕结出
青青的
幼果

步上
成熟的
星期一

你 冷 吗

富有诗意的
线条
从你的
飘柔的
亮点上
垂落

当心细瓷
塑出的
微笑
被默默的
落霞
碰碎

不要再加什么
也不要

再减

我的地址
在那颗
刚刚出土的
草叶
上面

人

最可怕的
不是那个
不了解

而是
那个
了解

那是谁酿造的月色

那是谁酿造的
月色
如此如此
清远

我一直凝望着
那片
水月

那片
江和山的
奇幻

水平如镜
山影
依然

唯有

山寺的钟声

渐渐渐渐

渐渐

藕断

沉默的江岸上

沉默了多年的
江岸上

风花雪月
已经开了
几回

那笑容似乎
很潮湿

守望着
那丛

开黄花的
清梦

带颜色的雨

带颜色的雨
知道吗
你打湿了我

打湿了
我的天空

丝一样的
飘柔的雨
从我童年的
巷口
从卖丝线的
卷动的
木轮上
转动着

缠满了我
终生的
梦幻

荒原上有光芒闪耀着

荒原上有光芒
闪耀着

坐下来
对着夕阳
沉思

遥望陌生
而又模糊的
雁影

让草叶上的残雪
慢慢
融化

身边落尽四季的

枝条
是不是正在恢复
那种
痛的
感觉

残　阳

你的笑容
已是
一个
故事

满路
芬芳的
泥泞

遥远的
朦胧的
花季

春水
漫过
池塘

而此刻
依偎肩际的

却是
半轮
残阳

沙　漠

细细地
品味着
每一粒
沙子

品味那
永远的
美丽的
沉默

一片金黄色的寂静

一片
金黄色的
寂静

在远山的
轮廓上
延伸

离开了春天
才开始感觉到
荒凉的
美丽

那种生命的
原色
那种

原色

的美

令我们去寻找

去寻找

放逐

你能听到我的呼吸吗

你能听到我的
呼吸吗
我的
轻轻的
思绪

没有吉他
没有
疯狂

只有淡淡的风
在天际
流浪

不断地
审问着

自己

沉沉的
背囊

笑和呻吟

庄严的
困惑
美丽的
封闭

笑和呻吟
为什么
总在
一起

不要回
办公室去
那里的船
在沉重之轻中
渐渐
沉没

茶　室

一杯浓浓的
脂粉
在远山的
那片叶子上
初逢

窗外是
古都的
影子
那沉重的
赭红

古琴不再弹奏
笑声濡湿了
苍凉的
琴弦

茶的味道深深的

我又看到了

我的

呼唤

染一种颜色

染一种颜色
在细细的视线里
留下
冷香

秋风万里
笑容中有
远山那片
灿烂的
消亡

酒吧
咖啡座
遮太阳的伞
和给我印象
最深的那片

那片
云烟

还有没有发出的
短信
都在重新注视着
地球那些
逝去的
旋转

威士忌加上冰块

威士忌加上冰块
再加上
融化不了的
南国的
群山

我享有
我的孤独
享有雨中
有朦胧的鹅黄色
和淡紫色的
瞬间

夕阳在天外
沉落
黄昏的风

无人
朗诵

一个一个故事
在暮色苍茫的
缭乱里
相继
结束

画　廊

永远都落着雨
我不再
找你

春花落满
门前的
台阶

洁白的
瓷瓶里的云
依然如
春天那般
凝固

没有人
走向

远方

我只是一直
一直在读着
那片溶溶逝去
又总是
无法逝去的
春水

一层金粉飘落下来

一层金粉飘落下来
街道投下
浓浓的
眼影

我还能和你一起
喝茶吗
秋天
已经从
结冰的河边
走过

商店的门
紧锁着
万木
萧疏

我抚摸着
隆起的
荒芜
和过去一样
呼吸着

摆满了化妆品的风景

摆满了化妆品的
风景
在所有的街道上
旋转着

我为什么
认出了你
风吹得
是那样的
轻轻

云须要去皱吗
天空是否
也要
美白

但暮色里的
许多脚印
却永远沉落在
闪光的
黑暗里

你的生日在夏季

你的生日
在夏季
梦中的风景
是一棵树
一棵长满了
叶子的树

有许多擦肩而过的雨
在手机号码的
数字间
滴落

永远是
那个
电梯

在空空的
装载着
彩色组成的
遥遥无期的
笑容

雁声洒落南国

雁声洒落南国
远处有几弧
柔弱的
乡愁的
曲线

我喜欢你
蓝色的
微笑
在雨里
低垂着

我的手
在梦里
高高的
顶层

也许苍茫间
会把那些盛开的
笑容上的
露珠
碰落

雁声依然
洒落
南国

彩色的风

把彩色的风
斟满
茶杯
豌豆花
开了
几朵

无人采摘
叹息
挂满了
青青的
藤蔓

卡迪拉克
缓缓开走
再也没有听到

比萨饼的
消息

不要洗涤
我留下的
一切
和我背后那片
橘色的落照

窗外落着雨

窗外落着雨
无边无际的
山色
如朦胧的
流年

我的影子
仍在溪边的
乱瀑里

孤守着
孤守着
那把
红伞的
影子

雪蜿蜒在天际

雪蜿蜒在天际

月下梨花如梦

枝头干枯的
诗句里
有一些
残冬的
美丽

我可能已离开
很久了
留在你手上的
辙痕
已经消溶了吧

我知道你抚摸过
那些山中的
日子
那些雨
一直下着的
日子

你的微笑把我淋湿

你的微笑
把我淋湿
浓绿是一个倒影

白色的丁香花下
盛开着
四月的
清风

不要让夏天
来得太早
那壶茶
仍在
等待

等待着蝴蝶

落下的时候

把余韵
一饮
而尽

杨花再次飘落

杨花再次飘落
我再也无法看到
那些
美丽的
禁忌

杨花再次飘落
再次
遮住
远山

再次遮住那个
没有挥手
没有回眸的
瞬间

杨花
再次
飘落

远处的山脉

远处的山脉
一抹青春的
蓝蓝的
眉目

不要问我在
什么地方
我已
萧疏

我正温柔地
抚爱着
渐浓的
暮色

寻求我的

完美的
孤独

远处的山脉
一把青春的
蓝蓝的
玉壶

在那个小站上

在那个小站上
停留得
太久了

蓝蓝的
那么深远
又那么
美丽

甚至微笑
也无法
打进
包裹

虽然背上沉沉的
但在某一个

梦里

我会在
海波声里
在你的诺曼底
登陆

模糊的视觉

越来越多的
笑容
已显得
衰老

模糊的
月色
模糊的
风

只不过是拥吻
高级
时装

模糊的
我的
视觉

纸 蝴 蝶

纸蝴蝶
停在一丛
干玫瑰上

晚会在那份
杂志上
开始

染过的头发
是四月的原野

你是否同意摘下
那些成熟的
年龄

从此不再

不再

飞去

金碧辉煌的城

金碧辉煌的城
如今只有月光
只有月光
流出城外

依旧有人
等候
依旧有人
别离

月光下的芳草
芳草无边无际

我曾经记起
我不曾记起

那始终都在
微笑的咖啡屋

如今已是
已是多大
年纪

那一片丁香雨

那一片丁香雨
那一片朦胧模糊的
荒无人烟
之美

淡淡的紫色的雾
淡淡的
丁香花颜色
的伞

淡淡的
如烟的
往事

湖水丝绸般卷起

湖水
丝绸般
卷起

卷起
又伸开了

你带来了
麦花的
香味

青青的
淡淡的
摇动

季节的风

轻轻吹过
吹过
飘起的
空间

是成熟呢
还是不要
不要
成熟

接受太阳

接受太阳
在很深很深的
夜晚

和蓝色糅合在
一起
梦境炫目般的
明亮

VCD 里
有光碟吗
此刻一切
都沉落在
开启的
容颜上

接受太阳
在很深很深的
夜晚

威尼斯沉落在天空里

威尼斯沉落在
天空的
深蓝里

我已迷失了
你的
风色

有一张入场券
一直
荒芜着

皇园里已经是
萧瑟的
初冬

不要回头再看

因为天在

水里

而水却在

天上

灯箱的长廊下

灯箱的
长廊下
只有几个
钟声的
影子

车站空空的
换乘者
早已
离去

户外广告
彻夜
艳丽

缤纷凋落的

是放飞者的

深度的

期待

我在雪中等待绿灯

雪落着
一片一片地
我在雪中
等待绿灯

融去又重新
垂落的等待
在灯火中
踱步

一辆车子
开了过去
又一辆车子
开了过去

我面前的红灯

却一直亮着

雪落着
雪照样
静静地
落着

打碎了的夜的碎片

打碎了的
夜的
碎片

在月光中
闪灼着

富含维生素 E 的
心态

在晒衣架上
悄悄
晾着

落照里的宫殿的影子

落照里的
宫殿的
影子

在你的
眸子里
沉淀

不知道
到哪里去
酒楼
灯火
灿烂

染上唇影的
暮色

在巷口
蔓延

只有没有雨
便不会有
美丽的
雨伞

招摇地留下一路粉红

招摇地留下
一路
粉红

你是谁

天也青青
海也青青

你是谁

招摇地留下
一路
粉红

有无数叶芽

有无数叶芽
在洞箫的幽韵中
生出

祈祷无法投递
黑色和
白色

河床里是
我的
思绪

平静地
交织着
泛滥

前面是无声的
奢华的
暮色

拥吻着每一个
角落的
青盼

手机总是关着

手机总是关着
没有人
敞开
脉搏

我只是默默欣赏
山的
遥远

微笑着
送你一声
我的
叹息

风在我的发丝间泛滥

风在我的
发丝间
泛滥

尊贵的
庸俗的
天气

没有人知道
那个一直
站着的
是谁

星星还是
原来的
星星

雨中裸露出一片浓浓的沉默

雨中裸露出
一片
浓浓的
沉默

最令人羡慕
的魅力
在灯影下
自由
搭配

饮一杯醇醇的
没有微笑
调剂的
注视

等待着

不再走红的谁

踏进

我的

片刻

竹声碧绿

竹声碧绿
碧绿
拂过我的
撒哈拉
沙漠

有那么一些时候
我感到
它染绿了
我的每一颗
沉默的
沙粒

竹声碧绿

拿着汽车钥匙

拿着汽车钥匙
打开
温柔的
夜色

坐在驾驶室里
听远方
钟声
摇曳

我将驶向何方
到处
都亮着
红灯

有人站在街角

等待自己的那片
有一颗星星的
天空

跃过终点

到达了
一片粉白
之美

可是绿
仍在蔓延着
不肯
换季

跃过
半裸着的
夏天

成熟在
统治
美丽

但不要伸出
你的手
更不要
采摘我

把面膜揭去的时候

把面膜
揭去的
时候

窗前
落梅
如雪

已经
错过了
季节的
数码

红地毯上
已是一犁
深深的
春雨

时下时停的雨

时下时停的雨
在荷叶上
留下一颗一颗
透明的
悄语

用石块砌成的
房子
仍然以它的
多种颜色
期待着
已经融化的
雪夜

前面是夕阳

前面是夕阳
巨大的
辉煌的
沉落

远处有
隐隐的
鼓声

和暮色
溶流在
一起

前面是夕阳
风姿卓越的
淡出

我的帆在哪里

我的帆在哪里
我的
风呢

火红的时尚的
表达
在带蓝条子的
衬衣里

到处都是
到处都是
古玩
摊子

金字塔在浑浊的
沙尘中

渐渐
迷失

这个城市的
钥匙
在搭配着
欲望的
皱纹里

古城穿着露背的晚装

古城穿着
露背的
晚装

在名牌的
灯火中
沉思

一切都
来去无踪
消匿又
出现

夜深处逶迤着
古城墙的
冷默

春风已不再弹奏
留下脚印的朝朝
暮暮

把红舞鞋脱下来

把红舞鞋
脱下来
寻找十二星座的
那些
古城

疯子依旧在
酒馆里
泪流满面地
唱着

石头砌成的画幅
在夜光下
瑰丽
无比

不要说那些
有五个口袋的
容颜

我想他们
仍然记得
那些已经生锈的
他们父辈的
名字

—— 我们堆着沙塔

我们堆着沙塔
展示每一粒
沙子的
广阔

养蜂人在天上
那一边
云层守望者
收割后的
困惑

不要去选择什么
不要去
因为命运
每一分钟
都在
选择你

一曲接着一曲跳着

一曲接着一曲
跳着
南半球很快
天昏
地暗

在太太口服液后排
坐着的
是街口那片
浪漫的
粉蓝

T 恤上的中国字
有一种美食的
味道

春天太多
却又显得
那么
不够

精雕细刻的窗子

精雕细刻的窗子
挂在
没有窗子的
地方

没有云和雨的
声音
乐曲在时尚地
蹒跚着

面部的生命
成为一个
品牌

一杯自我修复的
潮水

摆在
坠向灿烂笑容的
遥远的
梦里

精雕
细刻的
窗子

在酒色的黄昏中

在酒色的黄昏中
你曾问我
为什么
最美丽的
瞬间
最容易
沉落

想要站住
我们却站不住
天光
深深
眼看着它褪出
我的双肩
无影
无痕

难道此时此刻
可以离去
云山
依然
只是指上的那片蓝
默默
暗淡

不要转过身来

不要转过身来
不要
我将留下的
是你
永远的
背影

逝　水

永远的
在我
面前

永远的
离开
而去

留下的
只有黑和白的
影子

那些无声的
走不出的
走出

我登陆你的网站

我登陆
你的
网站

阳光地下室
在秋风里
结满
果实

斟满杯中
绿茶
墙上有
云山的
淡泊

不要对别人

说起我
流水中
有我的
影子

茶馆里没有春雨

茶馆里没有春雨
没有远山
青春

没有江水
从窗下流过
没有泥土的那种
刚刚被犁过的
妩媚

我记得听雨的日子
我记得赏云的日子
可是层楼的影子
却一直覆盖着
有玉簪花开放的
良宵

干涸的夜里
一直漂浮着的
是只剩下
几根圆柱的
帕台侬
神庙

深深的浅浅的绿

深深的浅浅的绿
远处春山一弧
浓浓的开花的气息
流过河的孤独

雪已不见踪迹
衣领上那片
美丽的银色
却依旧在原地
楚楚

路也不见踪迹
伞上那缕粉色的模糊
却依旧在远方
漂浮

深深的浅浅的绿
远处春山一弧
浓浓的开花的气息
流过河的孤独

一个巨大的白色广告牌下

一个巨大的
白色广告牌下
永远有一场
潇潇春雨

前面是右转弯
雨一直送你到
楼层的
深处

雨从广告牌上
裸露着滴落
超乎想象地画出
原始的纹络

我不知道

到了深秋
它是否会像一棵
北方的柿子树那样
擎出满枝
橙红色的
梦的
绝唱

美丽是不打领带的

美丽是不打领带的
解开颈下的
纽扣
可以笑得
更灵感

城市中心的土地
价格
昂贵
我们为什么
不把我们的岁月
建在
郊外

你梦见我了吗
为什么雨

一直
落着

我忽然听说
念圣经的那个人
已经
失去
知觉

我们引用的不是你的蝴蝶

我们引用的
不是你的蝴蝶
我们的眼睛
已失去执照

群山般的群楼
容纳着宽阔的
过去

穿牛仔裤的云
仍在天上游动
没有人再向我送来
悄悄
耳语

请拉住我的

一个手指
走向一个
合适的
名字

那路电车还在开

那路电车还在开
只是有那么多的
水果
在后面
跟着

乱石峥嵘的
呼吸
在永不凋零的
秋色里
斜斜地
嵌着

没有手机短信
可以发送出
我朦胧的

烟雨

珠穆朗玛峰的雪
仍如梦中
那般
美丽

那路电车
还在开

在安静的小酒吧里

在安静的小酒吧里
听夜色
倾诉

男人在孤独的时候
才是
男人
山峰重叠的双肩上
有月色
轻轻的
脚步

不理会什么
高贵的蓝
和乡野风格的
现代

泥塑
灵性即空间
我等待
等待美丽的
虚无

在安静的小酒吧里
听夜色
倾诉

男人的领带是男人的旋律

男人的领带
是男人的
旋律

苍远深沉的
风雨
天涯落日
沙漠和海

清清浅浅的
江南
厚厚重重的
北国

也许会在
瞬间
乍露

一杯洞庭碧螺春

一杯洞庭碧螺春
清清的
绿绿的
把窗外姑苏的
影子
都收入
其中了

曾是细雨
曾有细雨
一路
相随
消失于
石板铺成的
梦境

又从梦境中
走出
看着春的叶芽
在杯中
袅袅
纤纤
送来微微含笑的
江南的
眸子

在绿屋顶的房子里

在绿屋顶的房子里
听庐山的
泉声

深深的夜
深深的暮色
群峰如一片
水墨

你在告诉我为什么呢
轻轻地挥手
藤编的座椅上
有一把黄色的
小梳子

整夜的泉声

都曾梳理过吗
还有那
不再回归的
离去
不再流逝的
岁月

黑底白字的风

黑底白字的风
在古筝
颤动的
弦上

浓绿的
笑容
从指尖上
滴落

没有价格的春色
在压得斜斜的枝头
挑着
一片
蓓蕾

假如面前没有时间
你会不会有一种
绿绿的
红红的
感觉

谁是我的清风明月

谁是我的
清风
明月

禅院
花木
已凋

岁月却在
远去的
雁声里

和断墙下的
老蒲黄花之间
枯荣
随意

云山
迷离
谁是我的
清风
明月

素素的米黄色

素素的米黄色
简洁的直线
所有的地方
都有月光走过

被风吹皱的感觉
在曾经坐过的
石凳上

我记得那辆电车
开走时
夕照曾依依
追随

没有照片
草原是不是依旧

依旧碧绿

气象预报总是在
一次又一次的岁月里
重复着
风雪

突然醒来

突然醒来
清晰而
遥远

把夜的集装箱
重新
装过

只是不要
不要折起
我五月的
梦境

依然是那段
悄悄
可是夜雨

已止

花上是否有
那些
雨珠

还在额前的
发丝间
垂拂

把自己留给自己

把自己
留给自己
不要送微笑

让篮子里
盛满阳光
盛满早晨
盛满从高空
飘落的
鸟声

当有人从红色里
穿过
当有人从绿色里
穿过
当有人从紫色里

穿过
请你守住
你的淡蓝

守住你的那片
天空和海的
原色

如细雨稍稍停歇

如细雨
稍稍
停歇

一抹
绿草上的
微笑

嘴唇润润的
厚厚的

你不懂得遥远
遥远
也是一种
给予

一个清雅的注视

一个清雅的
注视
转身后
又一个
浓一点的
清雅

我记得那个
时间
记得门后面的
那扇门的
深邃

一团青丝

一团青丝
蓦然
抖落

一壶乌龙
苦苦的
一壶龙井
涩涩的
一壶心事
浊浊的

一团青丝
蓦然
抖落

在茶亭里

在茶亭里
在山影里

我用心
品着
四季

品着
暴风
骤雨

品着
所有的所有的
匆匆的来
又匆匆的去

在茶亭里

在山影里

我在你笑容的下游

我在你笑容的
下游

伫立着
等待着

桨声划破
岁月的
浓绿

夜景美丽吗

夜是美丽的吗

拉得严严的
窗帘外面
是一场
把荷花的粉瓣
摇落满塘的
夜雨

夜是美丽的吗

只要有雪和雨

只要有雪
和雨
我就是
一个
富翁

你笑容里

你笑容里
那些
柔软的
枝条

挂着几个
毛绒绒的
良宵

水　月

隐隐地
在水里颤动着
让我
注视
终生

你说过你会茶道

你说过
你会
茶道

轻轻用手指
梳理长发的
瞬间
还有每一个
远去的
影子

都在那壶
喝不完的
茶里

你说过

你会
茶道

在早晨的寂静中

在早晨的寂静中
流过夜晚

我的手指上
还残留着
咸咸的
月色

今天
我将张开双臂
把风
拥个
满怀

让肩头
重重的

孤独
柔软地
垂落在
胸前

在早晨的寂静中
流过
夜晚

一条溪流

一条溪流
在我沙漠的边沿
流过

朦胧的
橘黄的投影
在我的手指间
流淌

为什么
你要去
要去那么
遥远

跨过
灿烂的季节

我沿路
挥洒
思念

秋

梧桐
把浓浓的影子
飘落在
秋雨的
黑洞里

宣纸上
水渍斑斑
那是我在建筑
另一个
秋季

我奢侈地享有着

我奢侈地享有着
爱抚过我的
那把伞边沿的
那些
春雨

能留一会儿吗
匆匆地
妩媚
回眸和
远去

我到哪里找你呢
瞬间的聚首
和永不再见的
离别

我奢侈地享有着
爱抚过我的
那把伞边沿的
那些
春雨

一层一层下去

一层一层下去
坚硬的
时间
一直蜿蜒在
深深的
山谷

我能挽着谁
一起走过
那些有着
玄秘的
纹络的
石级

风在我的唇边
留下了

潮湿的
影子

我却一直找不着
挽着我的那只
忧郁的手

不在夜半

不在夜半
人不断地
在楼梯上
上上
下下

始终隔着
一张桌面

远远地
有一条清江
蜿蜒着

从生命中
缓缓
流过

我从我的身体里走出

我从我的
身体里
走出

用微笑倾诉着
我的
悲哀

不要用微笑
不要用微笑
回答我

我只渴求你
一次忧郁的
注视

雨

雨
平平静静的雨
既往窗前
又很遥远的雨

有很多次
有很多次
我听到

那些最高处的云
融入最低处的
草叶的
那些
神奇的
悄语

雨

平平静静的雨

既在窗前

又很遥远的

雨

手机没电了

手机没电了
打我座机吧
你点亮了我

我抚摸着
远山
那从门里
走出的
远山

我看到
辉煌的
熄灭
和不断转变的
流水

手机没电了
打我座机吧
你点亮了我

风赤裸着

风
赤裸着
蔑视一切
时尚

不要粉红
不要浅绿
不要
嫩黄

风
赤裸着
轻轻踩过
这个浓妆艳抹的
再造的
四季

我的梦想一直装在口袋里

我的梦想一直装在
口袋里

不要鼓掌
我看到肥沃的掌声里
滋生着
虚无

婚礼就是葬礼
欢乐地埋葬着
那些初恋的
日子

无法罩住的乳房
在风中
抖动着

被盛夏的阳光
悄悄
占领

我的梦想一直装在
口袋里

雪 落 着

雪落着
轻轻
慢慢

我不能给你打电话
已经很晚

可是暮色中有一个
空着的座位
雪迹斑斑

此时此刻
只有那盏路灯的光
俯在我从雪花中
露出的那个
肩际的岸畔

相视无语

把我身边的

那个空着的座位

抢占

雪落着

轻轻

慢慢

橱　窗

橱窗里站着
价格昂贵的
时尚
站着那种
既没有开始
也没有终止的
笑容的
荒凉

让风的血管
搏动起来吧
让雨
疯狂

让橱窗不再是
这个

世界

让世界不再是
那个
橱窗

橱窗里站着
价格昂贵的
时尚

没有雪的天空

没有雪的天空
正在
成熟

站在我对面的
是我的恋人
美丽的
孤独

挽着我的手
我想把头
靠在你的肩上
让岁月
平静的
喘息

没有雪的天空
正在
成熟

我的忧郁盛开着

我的忧郁
盛开着

山径上
一片
淡紫

请默默走过
然后
悄悄
回首

我的忧郁
盛开着

什么时候

什么时候
再坐到
我的
面前

让我欣赏
我的
远山

什么时候
再把我的
茶杯
斟满

让我品味
我的
尘缘

昨天晚上

昨天晚上
我失眠了
那杯咖啡
太深
太深

满街灯火灿烂
满街灯火灿烂
点亮了我
朦胧的
残春

云在碗底飘荡着

云在碗底飘荡着
黑色的大衣
和总是很重的
手提包

我们面对面坐着
中间只要一个
空气组成的
小岛

不知道向哪里去
迷蒙如
一湖
春水

看不尽的雨

看不尽的

云的

妩媚

我记得112路电车

我记得112路电车
在一片秋云中
远去的情景

车上坐着
我的目光的
一个背影

碎片洒落一地
满街都是
那个影子

冬天来了
白雪一层又一层
覆盖

没有路通向
那片荒芜的
心事

只有 112 路
依然来往于
那片秋云中间

有那么多的放弃在等着

有那么多的放弃
在等着
我已
不是
我了

久久地注视着
冰上的
华尔兹舞
那个故事的
开头

而手中小小的
版图上
却只能容得下
残月

一钩

微笑
点头
有那么多的放弃
从面前
经过

马路对面的夕阳

马路对面的
夕阳
只剩下
一丝
红烬

背影远去
我的风追赶着
那片
白云

没有再见到什么
车流
缤纷

没有道出那声

酒一样的

再见

碧绿的微笑在荷塘里

碧绿的微笑
在荷塘里
寻找
那团
粉红

自由地溶合着
妙龄的
雨滴
来自衰老的
天空

请听我烟水的
梦幻
绘出的
丰满的

扭动

有一扇门
正在打开
把缥缈的
暮色
远望

我触摸着时光的裸体

我触摸着时光的
裸体
让岁月
在手指间
流过

那是一种
不在涌流的
涌流
那是一种
没有感觉的
感觉

永不衰老的
衰老
永不诅咒的

诅咒

穿过
所有

那片瓦上有风雨吗

那片瓦上
有风雨吗
二月
已老

三月刚刚
抽出新芽
垂下
缥缈

衣袖上
还有那时的
风的
影子

可是

你知道你
欠下了我
多少
月光吗

隐约可见远处河面上的落日

隐约可见
远处
河面上的
落日

那重量级的
悲戚的
告别

没有谁
能够挽回
辉煌
转瞬
即逝

只有薰衣草花

一往情深
将它淡紫色的
感伤
带入夜的
苍茫

在雨水丰沛的躯体上

在雨水丰沛的
躯体上
有月光
隐隐
流过

在山的暗影里
有二月的
夜的
空调

请用指尖倾听
苍松
无际

声音在不断地

诞生
进入我的
视线

把花瓣洗浣着
在所有的路上
留下
唇印

我喜欢不插花的花瓶

我喜欢
不插花的
花瓶

空空的
但却
富有

那些
永远也不
凋落的
梦幻

那些
淡淡的
哀愁

经过蜡染的鸟声

经过蜡染的
鸟声
从浅黄色的
丝绸上
滑落

不管什么时候
你都要相信
一只孤独的蜜蜂
一直翩动在
你那
永远的
花季

湖依然痛苦地
微笑着

平静而又
深邃

只有那些
云的
倒影
已经感到
疲惫

生活中没有句号

生活中
没有
句号

只有一个
又一个
逗点

我们面对面坐着

我们面对面坐着
我的对面是我

你是我吗
那微笑
那烟柳
那星空

还有堆积如山的
岁月
如干草般地散发着
往事
迷蒙

你是我吗
一切都没有皱纹

也没有那么多的
雨打芭蕉
二泉映月
我们面对面坐着
我的对面是我

一些陌生的领域

一些陌生的
领域
冰层正在
融化

拉住我的手
小心

我始终等待着你再问一次

我始终等待着
你再问
一次
秋风
萧瑟而又
拥挤

所有的树枝
都是粉红色的
凋落
留下的
记忆

一个朦胧而又
清晰的我
站着

霜风
万里

我始终等待着
你再问
一次

在心的某一个角落

在心的
某一个
角落

似乎依旧珍藏着
那片
落花的
残春

永远无法以语言
濡湿那些
色彩鲜艳的
神话

它在心的
某一个
角落

没有诗的日子

没有诗的日子
天空是
一块
紫玉

风从岸边吹来
在我的
波浪里
泊着

所有的辉煌
所有的熄灭
都在潇潇的雨中
淡出

没有诗的日子

到处都停着车

到处都停着车
到处都停着车
芳草
芳草

山那边是什么地方
水那边是什么地方
钟声
缥缈

再也没有那种感觉
再也没有那种感觉
苍茫
晚照

到处都停着车

到处都停着车
到处都停着车

沉　落

静静地看着
美丽的
沉落

看着太阳
缓缓
隐没

你到哪里去
天和海
已浑然
一色

不要说明天
闭上眼睛
你就会

看到

看到你的
星座
运行的
轨迹

改变了的风景

改变了的风景
只有风
拥我
满怀

凝固的灯火
渐渐
陨落
夜以葱茏的神色
临近

强咽着
疯长的
皱纹
我以遗忘
洗涤

洗涤曾经
落在我肩头的
那些
遥远的
钟声

在黄昏的街巷走过

在黄昏的街巷走过
深深的天光
如一砚水墨

我不应该再往前走
打开的门和
关上的门
陌生而又依旧

那杯茶
已经泡好了
不再他求

让黄昏悄然逝去
只留下我肩际
仅剩的那一抹

金绿色的
温柔

在黄昏的街巷走过
深深的天际
如一砚水墨

巴　士

终于来了
却不是
却不是我双臂
拥抱过的
那支
歌谣

从零点开始
一直等待
到生命的
零点

守望着那片
能生长出那些
脚步声的
泥土

汽车抛锚了

汽车抛锚了
我看着你
背后的那座
古堡

细雨刚过
汽车的挡风玻璃上
秋色
已老

为什么要在这个地方
停下
古堡的大门
已开

是谁曾从这里走进

是谁曾从这里走出
它在把谁
等待

汽车抛锚了
我看着你
背后的那座
古堡

笑声摇晃着走向夜晚

笑声摇晃着
走向
夜晚

静静的雪
落进一个
故事的
梗概

雪静静地落着
笑声永远不会
不会
融化

只有那声再见
将被越来越厚的雪

深深
湮埋

那只琴已不再弹奏

那只琴
已不再
弹奏

地平线的远方
风景
依旧

一个吻
漂浮在
云上

一个梦
沉落在
海底

夏天是绿色的吗

夏天是绿色的吗
不要回答我
不要回答我

钟声已将暮色
溅起
一圈
弧纹

镜面上永远有
岁月匆匆
远去的
影子

我已把许多
往事的碎片

融入我的
第一根
白发

夏天是绿色的吗
不要回答我
不要回答我

无边落木

无边落木
飘落不尽
故土的
影子

淡墨
在正月的
锣声中
浸润

翻过了冬天
长长夜晚的
那些拓满白字的
碑帖

是一片

结满枝条的

粉色的

骚动

也许什么都没有

也许什么都没有
钟声的泡沫
在啤酒杯里
溢出

那么多花样的岁月
已经流过
干涸的
谜底

琵琶在西风的弦上
点亮一抹
天涯的
微蓝

不肯退却的思绪

依旧在你

窗外的墙上

爬满

土地在脉搏里轻轻律动

土地在脉搏里
轻轻
律动

胸前垂落着
整个
春季

忘却了微笑的
眉际
铺展着的
许多
程序

褪色的发现
在命运的键盘上

点击着
蝴蝶的
彩翼

一个超载的故事

一个超载的
故事
在往事的废墟上
徘徊

咖啡已经冷了
夜色悠远
而又残存着
灯影
斑斑

一切都陷入
苍茫
只有那条干瘦的
路的深处

有几点亮着的

手机的

信息

春天已经嫁给别人

春天已经
嫁给了
别人

只留下几声
杜鹃的
悲啼

小窗口不再上
朦胧的
灯影

不再有落满雨声的
那个
年纪

树枝上滴落着月亮的雨珠

树枝上滴落着
月亮的
雨珠

深深的绿
在电话的铃声中
蔓延着

出租车的门
被打开
谁下
来了

谁又坐了上去
在月亮雨中
渐渐
远去

我不知道你已经等了多久

我不知道
不知道
你已经等了
多久

许多碎片
散落在
远山的
回声里

细密的树影
咬住下嘴唇
在月光下
站着

我不知道

你已经

等了

多久

在梦的边沿

在梦的边沿
有深夜的
脚步声

走在我
有关江南的
诗句上

裹着丝绸的
思绪
在冬的暗影里
伫立

一个古老的陶罐里
盛满了
雷雨的

轰鸣

请向夜心伸出手
捧回那些
脚步声里的
洁白

灰尘在我的问候声上落满

灰尘
在我的问候声上
落满

美丽的回声
已经在秋风中
凋残

有一首歌
却一直凝视着
斟满茶色的早晨的
遥远

长江已经干涸
哪里有水
只有圆明园在

广阔的背景上
展现着废墟之美

灰尘已经在
已经在我的
问候声上
落满

昨天已经沉淀在镜子中间

昨天已经沉淀在
镜子
中间

三匹风驾驭的马车
驰下
楼梯

一个细胞笑着
在伊妹儿中
展示
美丽

新月在大楼的顶端
乍然一现
便消踪

匿迹

昨天已经沉淀在
镜子
中间

船桨搅动着

船桨搅动着
划过
整个
冬季

却依旧没有划出
春山的
那片
影子

解开吉他的
纽扣
弹奏垂落的
思念

我的大街静悄悄地

亮着

红灯

一串

没有玫瑰的夜晚

没有玫瑰的夜晚
春风不知
向何处
吹拂

画廊里陈列着
白颜色的
箫声

门却已经
紧紧地
锁住

只有藤蔓
还一直攀援在
那片已经荒芜的

梦境上

没有玫瑰的夜晚
春风不知
向何处
吹拂

我为什么要告诉你

你在等谁
我为什么
要告诉你

春风已吹过
所有的街道
空气里有一片
微笑的幽蓝

大幅广告的心脏
在跳动着

新月千百度
把双手插在
牛仔裤里
斜倚着站台的

栏杆

一辆一辆车过去了
过去了
我为什么要告诉你
我在等谁

有一种风你感觉不到

有一种风
你感觉
不到

它常常吹过
你的
心底

我的竖琴
在等待着
你能够
融化雪的
那个
年纪

不再说春水的

皱褶
太柔
太密

我只要你的
那束月光
留在
眉际

风啊不要把我摇落

风啊
不要把我
摇落

不要摇落
我的孤独

我那一树
尘世的
蓓蕾
是我终生的
感悟

雨在天空里
有一片寂静的
鼠灰

雨点在我

开花的枝头

滋润着

往事的

枯萎

一个老人在吹奏萨克斯管

一个老人
在吹奏
萨克斯管

像一颗落尽
果子
的树

喝了一瓶又一瓶
苍远
而长醉
不醒

酒杯在残阳的
赭红里
盛满岁月

隐隐的

雷声

没有地方寻找

此身

已在

天涯

冰盆里的水仙开了

冰盆里的水仙
开了
把那粒纽扣
扣紧

别让赤裸的
时间的
磁性
依附着这
二月的
幽魂

风擦过
我的故事
在一杯绿茶里
沉淀

二月是迷惘的
月份
冰冷的
却又在
开着

在灯火的深处

在灯火的
深处
新款的奥迪
还在
等候

不要画眉毛
大衣在我手里
眼神里
背包
很重

菜单是昨天的
没有音响
我们不认识我们
错过

清狂

也许有一天
我会忘却那些
灯火
惦念着远方那
一片朦胧的
雨意

我挽着黄昏漫步

我挽着黄昏
漫步
白色的花
盛开着

我选择了你
不再系安全带的
那种
凝视

灯光透过我的
诗句
远远地
独奏

不属于我的

黄昏

正牵着

我的手

几年前的火柴

几年前的火柴
还能
划着

我走在红尘里
车站
软软地
陷落

下一站在哪里
风和雨
笑着
伴我

而人行道外
却是辉煌的

落日的
鸟窝

电话亭一直醒着

电话亭一直
醒着

残荷顶端的
残雪
残雪顶端的
残月
残月顶端的
残宵

在空空的铃声中
一一
荒弃

可是我一直呼唤着
呼唤着

在暗夜包裹中
那个依旧
亮着的
颗粒

我的电话亭
一直
醒着

不要打磨生活

不要打磨生活
装饰
是一种
公害

心可以和太阳
一起
落下

也可以和月亮
一起
升起

所有的感觉
都洒落在
闭上眼睛的

镜子里

在落着雨的远方
是否还有那些
发疯的
潮湿的
日子

你站在电梯门口

你站在电梯门口
回望
第五次的
离开

你曾问过
身边那个人
他是谁

目光重重地
沉落在
自己的
心里

一直等到
微笑挽着微笑

步出那扇

打开的门

我梦想着风

我梦想着风
吹拂我
垂落的
忧郁

月亮飘动着
雪落满了
粉红

莫非我正看到
昨天的昨天的
昨天

你以浓浓的
太阳的
萧瑟

点下的那个

炫目的

逗点

倾　诉

为什么还像
昨天那样
任凭
笑容
荒芜

为什么还让
秀出的穗子
弯下来
成熟

常青藤
虽然落尽叶子
却呈现出它的
萧疏
之美

墙却在雪里

等待着

另一场

梅雨

白玉兰已经爆开了花蕾

白玉兰已经
爆开了
花蕾

雪结满了
早春的
枝头

街道
静静地
陷入一种
梦境
之美

因为没有
任何时尚

从上面
走过

黄山的茶

黄山的茶
在临街的那扇
窗户里

徽州女人的
宽袖上衣
像一滩
模糊的
月色

仿佛有
春江上的船
正从
梦中
驶过

把绿色的水仙的
香味
溢落在
紫檀雕成的
桌面上

不能再等些日子吗

不能再等些日子吗
我痛惜那
美丽的
盛开

不要擦掉鞋上的
泥土
因为它有
昨夜的
春雨

小窗已生满了
皱纹
不要再
将它
打开

不能再看远山

它那

凄清的

美丽

我陷入沉思

我陷入沉思
当我下车离开时
谁在伴我同行

沙漠蜿蜒着
一直伸展到
遥远的记忆的
深处

井里装满了月光
汲上一桶
晶莹的往事

什么时候
人们将收起翅膀
不再在露珠里

远眺

我陷入沉思
当我下车离开时
谁在伴我同行

温柔的暴风雨

温柔的暴风雨
卷过我那贫瘠的
山脉

留下数滴
悲怆的
秋声

椅子上坐着的
是大模大样的
忘却

我打碎了那只古盘
但它的残片却镶嵌在
我的那只
戒指上

它会看到
夏天到来时
芒草将怎样在往事的
眉目间
生长

你错过了我的雨季

没有比我更好的
男人
你错过了
我的
雨季

那片潮湿的
朦胧里
至今仍有青荷的
淡淡的
忧郁

把电视关上

把电视关上
吵死人了
房间里有
晴朗的
云层

车在外面等着
小鸟在枝头
太阳滴落到
所有的
今天的
周围

春季正在冷却

春节正在冷却
包裹着三月的糖纸
已被暴雨剥落

我并不在乎
别人的眼睛
怎么看我

有樱桃在枝头显露
一首情歌
谁去采摘

我并不在乎
别人的眼睛
怎么看我

旅馆总是那样
微笑着
橱窗里全是
假货

我不在乎
别人的眼睛
怎么看我

楼梯上总是有人走过

楼梯上总是
有人走过

那些在性感中
荒芜的下午
他们总是探过头
戴上手套观赏

那些经历丰富
自视甚高的
破椅子

他们虚构着
一只
鸟窝

一条霓虹灯
熄灭后的街道
一些手挽手
走向昨天的
影子

你说你的月亮在你的表针上移动着

你说你的月亮
在你的表针上
移动着

天空和大地
都由三个原色
构成

我喜欢雨和月亮
同时出现

不再超额消费
芬芳的年龄

沿着海滩
由一行脚印

在不断地变幻着
色调
可是没有人问
向远方走去的
是谁

我从没有离开过那棵藤蔓

我从没有离开过
那棵
藤蔓

你篮子里的
那个太阳
发出深深的
蓝色

不要再瞧着我
秋天
我会为你的窗户
送去一叶
艳红

而在冬天

你可以到钟声里
去寻找我
那山寺的
晚钟

没有酿造出葡萄酒

没有酿造出
葡萄酒

我的枯藤上
只残留着
几颗
干涸的
酸涩

秋风依旧
秋风依旧

只有小鸟
站在
我的
枝头

打量我从
暴风雨的漩涡中
紧紧守过来的
那缕
清愁

令人忘却的流逝

令人忘却的流逝
一直在
流逝着

我的脚踝旁
有一个世界
正在
苏醒

季节凋落了
可是往事
依旧

咖啡喝过之后
是一杯
清清的
感伤

今晚我该穿什么衣裳

今晚我该穿
什么
衣裳

青青的荷叶
在两肩
摇曳

不要把我的
露珠
滴落

那里面有一个
阳光的
昨日

今晚我该穿
什么
衣裳

雨中的梅子成熟了吗

雨中的梅子
成熟了吗
那些青青的
酸酸的
日子

那些不再
回来的
日子

那些在远山的
弧线中的
日子

那些从发梢上
滴着水的

日子

雨中的梅子
成熟了吗

你知道我喜欢什么

你知道我喜欢
什么

看到飞流直下的
风景
看到漂浮着的
汽车的
微笑

看到高高耸起的
空气
和走过新月时的
那种
步伐

你当然知道

我喜欢
什么

是谁给我发来了伊妹儿

是谁给我发来了
伊妹儿
我不想再重复那句
讨厌的你好

一个有争议的闪念
从地平线上
冉冉升起

我不在意我什么时候
在你的眼神里
陨落

黑客进入了网络
秋冬美肤预告
筑起围城

只有秋山

依然在一抹艳红中

期待着

深深的

冬季

不要吹皱我心中的一池春水

不要吹皱
不要吹皱
我心中的
一池
春水

这里不再有
水波
潋滟

我要保留着我
仅剩的
那片
明澈

映出我的

模糊的

远山

敦煌沉香在宣德年的铜香炉里点燃

敦煌沉香在宣德年的
铜香炉里
点燃

被点燃的时间
缥缈
无踪

请不要划动
我的
沉船

我已没有
泊下
的岸

我在最深的那个层次上等候

我在最深的
那个层次上
等候

等候你的
青灯
如豆

感觉到
轻微的
震荡

桅杆
在城市
升起

当夜的浪花
散尽的
时候

街道上只有一个
潮湿的
晚秋

山水音响已经沉默了很久

山水音响已经沉默了
很久
丛山峻岭
从书桌上
直达天际

外面有救护车的
尖叫声
诗歌已经
生命垂危

一个画荷花的人
从原野上走过

所有的小草
都蜂拥而上

可是他无法找到

那些汽车的零件

和那些早已

荒芜的

池塘

紧身旗袍里裹着二月

紧身旗袍里
裹着
二月

裹着刚刚
发芽的
日子

那一边的乡下
有许多
雨吗

我怕过早地
看到
花苞

千万不要解释

千万不要解释
解释
就是
死亡

天空是银灰色的
深蓝色的
橘红色的
粮仓

只有暗淡的街道
接受
月色
抚爱

一路红灯

堵车也是一道

亮丽的

风景

月亮圆的时候

月亮圆的时候
和我没有
任何关系

我的库尔斯克号
不再
出行

继续坐着
欣赏
满天
落霞

让辉煌的过去
成为
苍茫

就在一夜之间

就在一夜之间
花都落去了

镜子边沿有飘落的
枯萎的
时光

而喜马拉雅山后的雪
却还紧紧地
拥抱着
八月

绿苹果在枝头摇曳着

绿苹果在枝头摇曳着
它芳香的
灵感

风和阳光的比分
在交替
上升

没有人和它计较
最初的
酸度

慢慢地
它将用笑筑起
整个的
十月

地铁已经远去

地铁已经远去
只留下
灯影疏疏的
月台

一转眼什么都不见了
才知道冬天
也会令人
颠倒

绿已不是坐在自行车后座上

绿已不是
坐在自行车后座上
偷偷含笑的
那些日子

而是由疯狂后的
墨色水晶
正在建造的
那个
季节

绿灯戴上了口罩
没有融化的雪
堆在珠穆朗玛峰
彬彬有礼的
暮色里

我们该回去了

回到我们来时的

那种

淡淡

不要再开了

不要再开了
梦幻
小院已落花
翩翩

独家发售的
那种粉红
已在缤纷中
沉淀

说什么也不行
飘落是
今天的
主角

穿着龙凤绣花鞋的

醉意朦胧的
回眸

正在街道的
拥塞中
消逝

为什么隔着很远很远

为什么隔着很远很远
就能看到
你在雪中的
影子

春装已经入橱
可你依然
春色

在未来的
六十个日日夜夜里
不会是
雪融化了你呢

还是你
融化了雪

当然不能错过

当然不能错过
开在枝头上的
那些日子

闭上眼睛
洒播绝对的
芳香

让百年老店的
耳朵上
挂满
莹莹欲滴的
初恋

不要绷紧你固有的那种蓝色

不要绷紧你固有的
那种蓝色
小道消息
很多

有一种非茶非酒的
享有
魅力无处
不在

笠帽边沿的雨
来自遥远的
暮春

江上柔弱的
桨声

在保湿的因子中

喑哑

已是暮春时候

已是暮春时候
雨中
有思念在
啼鸣

槐花开了满树
静静地
垂落着
远钟

不要修补
那些
残墙

那些默默涌流
过来的香气

正是不可多得的
极品

我有我的赭红

我有我的赭红
我有我的土黄
我有我的藏蓝的
那种
真实

因而在突击顶峰的
时候
能够享有
一步一场暴风雪的
那种
美丽

我来选择飘动的你

我来选择
飘动的你

背后的那座
雪山
正有飞鸟
越过

美丽的陌生的
苍远
只有冬季
才有

用潜意识的干墨
画出绝壁的
渴望

从感性的灰色中间
去寻找
那个
独钟

我来选择
飘动的你

从开满庭院的紫色梦境中间

从开满庭院的
紫色梦境
中间

我觉得我能
找回你

秋色已染上肩脊
深深的
灵感

不是谁都可以
为此
应有尽有

那蓝蓝的紫紫

那紫紫的
蓝蓝

那圆圆的缺缺
那缺缺的
圆圆

经过多次装修

经过多次装修
一切都
不再
动人

我们将永远失去
那个
没有灯火的
夜晚

和那些
无家可归的
美丽

雪落在发梢上

雪落在发梢上
悄悄地
悄悄地
融化

天资
无比

从颜色深深的
原野上
走过

我自己就是
我自己的
旗舰

我的移动梦网里

我的移动梦网里
一直有那条江
静静
流过

电话铃响了
腮边
泛起
红晕

每一空间的感觉
都更加
独立

花是红的
沙发

也是

红的

不要惊动我的沉船

不要惊动
我的沉船
让我的平静
直达
深层

让那些无法修补的
碎片
一直在舱底
沉默

外面还在下雨吗
星光不再
走过旧屋时
请看那墙上的
古钟

如今已是

几点

我在老地方等你

我在老地方等你
枝上花又开
我在老地方等你
伞上雨还在

我在老地方等你
秋叶已落尽
我在老地方等你
雪花又满阶

我在老地方等你
我在
老地方
等你

远　处

远处
深秋转过身来
微微笑着
挥一挥手

蜡烛已经点亮
请打开窗子
等待远山的
雪色

等待黄包车上
那轮
身着红色羽绒服的
昏昏欲睡的
落日

远处

深秋转过身来

微微笑着

挥一挥手

香　港

香港
芳香的港

一个蓝蓝的梦
正在儿童的
粉笔画中间
发芽

许多风飘动着
色彩
在你的空气里
播放

播放每个人的
枝头上
那支蓓蕾

的歌

香港
芳香的港

我们到哪里去

柔软的
色彩斑斓的
灵感

在你的
肩上
飘流

云的沉重的
水墨
一直泼向
天涯

四山空空
我们到
哪里去

你垄断了我的目光

你垄断了
我的目光
我不再望向
别处

拖地的红衣招展着
四山
空蒙

张开双手
捕捉淡淡的
预感

空车的轮子
在弯道上
驰过

所有风沙迷漫的面部
都种植着
灿烂
你垄断了
我的
目光

所有的蜡烛都点亮了

所有的蜡烛
都点亮了

人生如画

我在一片
珠光宝气中

寻找
没有珠光宝气的

你

微笑着突破微笑的重围

微笑着突破
微笑的
重围

我在微笑中
找到了你

几枝青青的
莲蓬
越过粉红
地带

往事在水底
波动着

波动着

模糊的

美丽

什么颜色最适合你

什么颜色
最适合你

电话铃响了
却无人
回答

只有
裸露着的
柳絮

从窗口
悠悠
飘过

什么颜色
最适合你

不要怕风吹乱你的头发

不要怕风
吹乱你的
头发

风是
最时尚的
美发师

那些乱
正在塑造世上
最有风韵的
发型

不要怕风
吹乱你的
头发

那片灯火很年轻吗

那片灯火
很年轻吗
它是否和暮色
同龄

我们从中
走过
走过青苹果
满枝的
梦境

灯火蔓延着
暮色
越来
越浓

我们融入迷离
我们融入苍茫
我们
融入
朦胧

帆在房子上面

帆在房子上面
鼓满了
沉重的
月色

闪动的岁年之水
流向
高高的
青蓝

我愿伸出双手
去拥抱这
没有风景的
风景

所有的人都到了吗

所有的人
都到了吗
你为什么
向后走

那些露珠
都是绿色的
在月明星稀的
独唱里
闪烁

又一次错过了
那只渡船
而却眺望着
无涯的
山影

眺望那个
迟迟未到的
多年之前
就承诺过的
邀约

江南山脉柔婉的线条

江南山脉柔婉的
线条
在梦中
模糊而清晰的
交织

记得麦穗摇动的
影子
和镶嵌在蓝色镜框中的
几声
鸟啼

摘下一朵小小的
紫花
摘下你的
回眸

夹在泰戈尔的

诗集里

夹在月色朦胧的

永远

那些由商店橱窗组合的表情

那些由商店橱窗
组合的
表情
凋落下
成堆的
夜色

你说你不曾
来过这里

那些由灯火组成的
荒芜的
葱茏
正生长着
成片的
疯狂

你说你不曾
来过这里

不要把镜头对着我

不要把镜头
对着我
我已
放弃

堆积在面部的
建筑风格
不再在太阳的
粉底上
涂抹

白云高高地
飘过
不再有季节的
呼唤

不要把镜头
对着我

纸杯里有哈根达斯

纸杯里有
哈根达斯
傍晚的空气
青青

仿佛即将融化的
粉色的
相见

绿波
滢滢

你总是消失在
街道的
对面
把空间让给

缤纷的
车流

我无法再望见你
只望见
一片
残秋

夕阳西沉的美丽

夕阳西沉的
美丽

每天都被人们
匆匆地
遗忘着

别　了

别了
只留下一个空吻
沉甸甸的

在那些无法找到的
脚印里
也许有
杜鹃
啼过

但不要
不要
在意

远方只有一个黑点
在地平线上

渐渐
消失

你总是乘坐那趟地铁

你总是乘坐
那趟
地铁

那趟在深夜
从我梦中
隆隆驶过的
地铁

灯影闪烁着
夜色
真的
很酷

遮住我双目的
永远是

米罗的

色彩

你总是乘坐

那趟

地铁

远方雁影正在瞬间融入蓝蓝的长空

远方雁影
正在瞬间融入
蓝蓝的
长空

错过了
无数
第六种
感觉

已无法
从头
开始

如果有勇气犯错误
那该

多好

远方雁影
正在瞬间融入
蓝蓝的
长空

荒野里全是飘落的四月

荒野里全是
飘落的
四月

没有目光
注视的
芬香

一腔没有
山影的
流水

在枯萎中
平静的
远去

要不要唱点什么

要不要唱点什么
回到
派对上
去呢

把一朵小花
栽进土里
永远别想
拥有

让车子在门前
绕几个圈
不要
上楼

要不要唱点什么

此刻
夜色
真美

到了地方一定打电话给我

到了地方
一定打电话
给我

原野伸展着
还有紫色的
山影

从远处看去
小镇
一片
深秋

到了地方
一定打电话
给我

河水上流着阳光

河水上
流着
阳光

云盖过了
绵延的
山脊

最好不要
再增加
笑声

让我想想
你到底
是谁

山峰不再覆盖着白雪

山峰不再
覆盖着
白雪

没有谁能抗拒
春的
阵痛

必胜客
靠窗的座位
坐满了人

不要迈步
越过陌生的
残阳

在夜的风景中擦肩而过

在夜的风景中
擦肩
而过

岁月湍急
群山
依旧
青青

不须要考古
一切
转瞬
即逝

若有所思的
灯火

还是那么

灿烂

笑容一直蔓延到脚尖

笑容一直
蔓延到
脚尖

一种没有声音的
韵律
湿湿的

在一千零一夜的
故事里

你说那一个我
更优秀

满地都是窗格的影子

满地都是
窗格的
影子

站着
静悄悄地

和月光
私语

举起杯子

举起杯子
我们来
小赌
一下

谁是
今晚的
初雪

老黄色的远山
被环状的
土地
包围

荒芜和干涸的
是柏拉图的

学说

太阳是紫色的
镜子
神殿已沉入
海底

举起杯子
举起杯子

那是一个声音像我的人

那是一个声音像我
的人
在太阳的
圆圈里
说话

行李箱是个
名牌
车的后灯
亮着

我知道前面是
什么
地方

可是我已经

走出了

那个

圆圈

古寺的风铃不再鸣响

古寺的风铃
不再
鸣响

头发垂到两肩的
细雨
在互联网上
飘洒

太阳还是那个太阳
可雨一直
下着

雨的声音
全是
新的

温柔的风

温柔的风
吹着浅草

眼睛闭了一下
又睁开来

敲门声轻轻的
海在窗外
走得
很远

我开始想起
那些足音

可楼却依旧在
高高地
亮着

飘洒着走过

飘洒着
飘洒着
走过

红玻璃和
黄玻璃

尾灯亮着
海从眼眶
流出

蓝是我的颜色
是最美丽的
颜色

我给你一把钥匙

我给你一把
钥匙
一把忧伤的
钥匙

没有风的时候
围巾并不
重要

我常梦见月光下
我肩上的
那些
日记

你可以用钥匙
打开

一只古老的

沉船的

残骸

骆驼正在越过沙漠

骆驼正在
越过
沙漠

所有的雪
都在肩上
融化

梦中的一切
都在
菜单上

请温柔的采摘
周围的
星星

把心思打进包里

把心思
打进
包里

听雷声
隐入
天际

水中的影子
是那么
古老

雨中的车流
消失在
不同的
远方

看得见那些
旧时的
藤蔓

一只鸟飞进了
深深
的绿

到处都有上楼梯的声音

到处都有
上楼梯的
声音

鸟鸣声
越来
越远

可以和你
喝一
杯吗

在火车
远去的
瞬间

孤　独

我希望有座
海边的
房子

让海和我一起
享受
孤独

翻开的
是一首诗

合上的
也是
一首诗

来一杯红粉佳人

来一杯红粉佳人
夕阳在
醉醉地
凋谢

这个世界已经
不流行
近距离

请远远地
远远地
看着我

海是蓝的
天空也是
蓝的

青瓷花瓶上的釉色

青瓷花瓶上的
釉色
已被涛音
染满

红着
但又
绿着

岁月
如咽

让感觉露湿
所有的
芒鞋

我们依旧

向空中

走着

在河的对岸

在河的对岸
有戴红头巾的云
在一棵紫的
浓彩中
静静立着

沙漠的惊涛骇浪中
有骆驼的
微笑

地平线淡淡地
轻轻地
飘拂

金字塔里响着
远古的

呓语

不过那些面容
却仿佛
在哪里
见过

弦上的幻想曲

弦上的幻想曲
从所有的
箭孔里
流出

耳环上的光
有低低的
颤音

很久没有的感觉
在公文包里
锁着

我让你久等了
楼的窗户
真美

太 迟 了

太迟了
血管里流的
已是
夏季

奔跑着
可是车轮
已经
远去

用钥匙打开
梦影
那只是个
秋天

杯子碎落在

地上
雪已在悠悠
漂浮

书架上堆着一涯残梦

书架上堆着
一涯
残梦

水流过的地方
已无处
寻找

玻璃不断地
被打碎
又被
重塑

当你转过身时
你希望你身后
坐着的
是谁

指纹留在失败的故事里

指纹留在
失败的
故事里

我们弹奏
自己的
色彩

长椅上的座位
被月光
占着

我们的影子
在水上
扭动

楼房晃动着

楼房晃动着
默默走过

繁华的你
去承受
笑容的
辐射

用刀子还是
用叉子
去品味
昨天

在钟声的
深处
谁在蓦然
回首

螺母银扣上有沉沉的雨

螺母银扣上
有沉沉的雨

灵感从芭蕉的
叶脉间
滴落

古国的雕塑
在异乡
流浪

河流在峭壁间
蜿蜒流过

人们用脸上
陶俑的

花纹

镶嵌着

灯火辉煌

良宵

已经失去了很多风景

已经失去了
很多风景

可那落叶的
声音
犹在

湖曾在蓝色的
衣袖上
沉睡

而我们却在
小巷的
深处

奢侈地把阳光

洒满
一路

我忘记了我

我忘记了我

只有风
年轻轻地
如约
而至

我忘记了我

古都的影子是琥珀色的

古都的影子
是琥珀色的

是琥珀色的
箫音
溢满残冬的
晴雪

也许在雪的
深处
我会找回那些
脚印

和那些与众不同的
风雨的
颜色

灯火茂密地蔓延着

灯火茂密地
蔓延着
我看不见你的
第六感觉

虽然我不抽烟
但仍然有人
把带着唇红的
烟蒂
扔到我的脚下

时间伸出
长长的手臂
到处都是
不微笑的微笑

我依旧站在
旧时的那盏
灯下

面对灯火
茂密地
蔓延着

一杯鲜榨果汁

一杯鲜榨果汁
一杯神秘的
落日

一些古老的文字组合的
初次
相识

这时你会看到
过去
是0

而未来
是浓浓的
暮色

许多人来了

许多人来了
许多人又离去

花朵般的似曾相识
又不曾
相识

为什么总是隔着桌子谈话

为什么总是隔着桌子
谈话
用微笑磨痛
我的
注视

你知道握手吗

你知道握手吗

那是把一首诗印在
另一首
诗上

所有的雨季

所有的雨季
我都在这片
乱山之中
与旖旎的雨声
为伴

我的窗一直开着
半是山影
半是
云烟

书桌潮潮的
远去的雷声
还萦绕于
砚石
中间

巴黎有这样的

雨吗

是一个有雾的日子

是一个有雾的
日子
飞机进入
云层

艳影在山谷里
模糊地
回响
留下令人难忘的
初冬

我喜欢见你
走在
雪上
可是雪
迟迟未到

在下一个世纪的

大雾下面

还有那只

孤鸟

那声音带一些向日葵色

那声音带一些
向日葵色

是过去
在默默
呼唤

海在远方
轻轻
律动

更远处是一些
橙色紫色
孔雀绿颜色的

隐隐可见的
山脉

不要踏街道上的那些雪

不要踏街道上的
那些雪

它覆盖着嘈杂的
欲望

许多新面孔
聚集在宫殿的
门前

可能你想到夏天去展示
碧绿的
饱满

可是你想去有点熟悉的
一本书也看不到的

书店

因而你不要踏
街道上的
那些雪

假如有月色

假如有月色
你的头发
会更美

把梦打开
一页一页
翻过去

用高高的芒草
编织那些
有着故乡雨点的
风景

我们会在湖水掩映中
近距离地看着
我们的

过去

假如有月色

保湿的睡眠

保湿的睡眠
在雨中
长大

一半赤裸着
一半
半遮
半掩

别对我提起
酒吧
那里的四季
都很
肥胖

荒无人迹的

喧闹

是无法修整的

影子

柔软的卡迪拉克

柔软的卡迪拉克
出没在那些
尚未被采摘的
年代

成熟的黑色的
倾听中的
我看到你眼睛里的
那个
芳香的
亮点

我们等待着雪
等待着
那片
空山

一缕棕红的旋律

一缕棕红的
旋律
在你的面部
拂动

春在灰色的
原野
拉动着
装满雨点的
箱子

我们早就说过
闭上眼睛
倾听
远方那
水晶般的

走近

然后默默地
去寻找
那种
没有界限的
效果

像一个轰轰烈烈的爱情故事

像一个轰轰烈烈的
爱情故事
秋已凋尽

树梢上已找不到
一片艳迹
一点红粉

一个冬的首发式
正展现出前所未有的
裸露

时髦的简约使月光具有
更加妩媚的
魅力

像一只在洁白的餐桌上
等待的
酒杯

冬已在
擦落的唇彩上
淡出

你走过我

你走过我
走过任何
年龄

飘落一路
幻红

街头有卖晚报的
声音

两个人同在
一把
伞下

仿佛在等待
却又不

茶的叶芽
在水中
依次散开
又依次
沉落

你走过我

站在良宵的灯影下

站在良宵的
灯影下
是一个
旧时的梦

彩发飘逸的
深秋
有着不规则的
跳动

有些歌曲
依然在唱着
收藏却
日渐
衰老

在那座古典的
建筑中
再也无法喊出
最初的
陌生的
感觉

葡萄的藤蔓上

葡萄的藤蔓上
结满我
秋天的
日子

山在云的上面
变幻着
色调

那奢华的
成熟
只是一些
有钟声的
夜晚

背上孤独的

大包
到冬天积雪的
悬崖上

你会找到我
失落的
结满许多小红果的
杜鹃的
悲啼

没有剩下多少幻白

没有剩下
多少
幻白

梦一样的
飘逝

春已在
即将关门的
店铺的
货架上

法国娇兰
让期望
消除
皱纹

可我将怎样
走向
夏天

走向你
浓郁的
暴风雨

赭红色的上衣

赭红色的上衣
黑裤子
黎明总是
这么妆扮

从梦里走出
又走进梦里
遥望那个
遥远

花店开门了吗
给我一束
挂牵

不再有
打电话的

勇气

开小白花的感伤
一夜布满
布满钟声
绵绵

暮春时节

暮春时节的
薄暮里
你脸上只有
一片
模糊的
远山

只有那个
初雪的
日子
还在那串
珍珠项链上
闪烁着
开花的
心绪

我在虚无中仍然拥有

我在虚无中仍然拥有
你在我梦的断壁上
留下的
岩画

把你的笑容插入香炉
让你的缕缕
萦萦绕于我的
城堡

是谁打碎了月亮

是谁打碎了
月亮

留下
满地
碎片

我将用它拼成
透光的
瓷瓶

盛满人世
迷人的
忘却